天星诗库

TIANXING SHIKU

新世纪实力
诗人代表作

徐俊国

著

致万物

徐俊国
诗 选

2004—2014

山西出版传媒集团　北岳文艺出版社
BEIYUE LITERATURE & ART PUBLISHING HOUSE

· 太原 ·

图书在版编目(CIP)数据

致万物：徐俊国诗选：2004—2018 / 徐俊国著. —
太原：北岳文艺出版社，2020.1
ISBN 978-7-5378-6002-4

Ⅰ.①致… Ⅱ.①徐… Ⅲ.①诗集 – 中国 – 当代
Ⅳ.①I227

中国版本图书馆 CIP 数据核字(2019)第 185770 号

致万物：徐俊国诗选：2004—2018

徐俊国◎著

出品人
续小强

责任编辑
王朝军

封面设计
张永文

印刷监制
巩璠

出版发行：山西出版传媒集团·北岳文艺出版社
地址：山西省太原市并州南路 57 号　邮编：030012
电话：0351-5628696（发行部）　0351-5628688（总编室）
传真：0351-5628680
网址：http://www.bywy.com　E-mail：bywycbs@163.com
印刷装订：山西人民印刷有限责任公司

开本：880mm×1230mm　1/32
字数：132 千字
印张：6.75
版次：2020 年 1 月 第 1 版
印次：2020 年 1 月山西第 1 次印刷
书号：ISBN 978-7-5378-6002-4
定价：32.00 元

"鹅塘村"是我生而为人的凭证，也是我写作的来由和根基。以"鹅塘村"为符号的农耕文明，参与并塑造了我最初的诗歌。辑一的作品，写于2004—2013年，有时光的凛冽与生存的苍凉，也有垂首大地的卑微和虔敬。人性深处柔软的"善"，现实世界无言的"悲"，互相摩擦，震颤为诗。

乡下孩子，命里都有一个小村子。某天忽然离开它，一回首雨雪霏霏，万千感念。在我的生命履历和诗学尺度中，"鹅塘村"算得上一个"诚实的修辞"。它是农耕文明在我心上留下的两道刻痕：爱和忍耐。

也许，诗歌就是"可以"（认识论）"怎样"（方法论）"塑造一个人"（目的论）。诗是什么，如何写诗，做一个什么样的人？这是一个诗人终究要回答的问题。

2014 年至今，我在写《致万物》，收入辑二的这些诗，少了外在的呈现，多了向内的静观。世界的悲苦不再是写作的负担，它开始反哺一颗自救之心。

这些年，对干净而伟大的汉语，对自然中隐藏的生命哲学，我们没有表现出应有的敬畏。在语言滑向粗陋、人心无所凭依的时代，我想后退几步，回到诗歌的源头，重拾草木的本心。

我之所以写自然万物，其实是想对应人间万象。"春天加重了人的惆怅，细雨为之针灸。"再好的疗治，也是带点疼痛的。悟透草木枯荣，写尽世道人心，何其艰难。

- 目 录 -

辑一　鹅塘村(2004—2013)

To All Things

辑一　鹅塘村

（2004—2013）

落　叶

多么幸运，
大部分落叶都落回了根部。
但总有一小部分，让人心疼。
它们被风卷走，
葬在了离出生地很远的异乡。

故 乡

一个人可以选择在黎明前的黑暗啜泣，
也可以选择麻木，在世事中飘零，
可以选择离家出走，
爱或者恨，甚至死亡，
但就是无法选择出生。
一个女人嫁到鹅塘村是命，
我被生在遍布牛粪的苦菜地也是命。

把辣椒水涂在乳头上的那个人，
用鞋底打我又把我紧紧抱在怀里的那个人，
我泪汪汪地喊她"娘"。
娘生我的地方我终生难忘，
那天，蟋蟀在草墩上把锯子拉得钻心响，
钻心响的地方叫故乡……

小学生守则

从热爱大地，一直热爱到不起眼的小蝌蚪，
见了耕牛敬个礼，不鄙视下岗蜜蜂。
给寻食的蚂蚁让路，兔子休息时别喧嚣，
要勤快，及时给小草喝水、理发，
用月光洗净双眼才能看丹顶鹤跳舞。
天亮前给公鸡医好嗓子，
厚葬益虫，多领养动物孤儿。
通知蝴蝶把"朴素即美"表演一百遍，
劝说梅花鹿把头上的骨骼移回体内，
鼓励萤火虫，灯油不多更要挺住。
乐善好施，关心卑微生灵，
关闭雷电，珍惜花蕾和来之不易的幸福。
让眼泪砸痛麻木，让祈祷穿透噩梦，
让猫和老鼠结亲，和平共处，
让啄木鸟医治病树的信心更加锐利。
玫瑰要去刺，罂粟花要标上骷髅头，
乌鸦的喉咙、狼的牙齿和蛇的毒芯子都要上锁。
提防狐狸私刻公章，发现黄鼠狼及时报告。

形式太多，刮掉地衣，阴影太闷，点笔阳光。

好好学习，天天向上。

尤其要学会不残忍，不无知。

蜜　蜂

整个上午，
一群蜜蜂围着我嗡嗡不停。
我在菜园里割韭菜，
它们落在我的肩上和鞋面上。
回屋读史奈德、王维和雷克斯罗斯，
它们落满书页，
密密麻麻遮住了我喜爱的诗句。

我忽然记起，
今早去桃花涧坐禅，
不小心把花粉吸进了身体。

蜜蜂们如此不舍地追我，
估计是想从我这里，
找回那种叫蜜的东西。

六 个

有一段时间，我们天天坐在屋顶上打牌，
因为缺一张黑桃 3，
顺手扯下一片树叶代替。
十有八九是二嘎子摸到它，
他每次都很懊丧，直敲自己的脑袋。

中秋节，二嘎子帮苍奶奶收玉米，
不小心掉进荒废的机井。
六个伙伴，剩下五个，
缺一张牌可以用树叶代替，
缺一个人我们就不知该怎么办了……
大家趴在屋顶上抹眼泪，
有一个人实在憋不住，
大喊："不玩了——散伙！"
被撕碎的纸牌飘飘扬扬，
雪花般落满了二嘎子家的番茄地。

鸢尾花

时光凋谢了很多年，
竹林中随处可见生命的遗骸。
一小截干瘪的蚯蚓，
代表一声不吭的劳动者，
倾斜在土里的蜗牛壳，
代表大地之上最小的纪念碑，
半片羽毛，代表小鸟苦苦飞翔的一生。

我把它们掩埋，并一一凭吊。
当我起身离开，蓦然发现，
一朵鸢尾花静静点燃在这些遗骸中间，
宛如大自然蓝色的灵魂：至少三个花瓣。

仪　式

怀孕的母羊走过大地，
草籽正好触到温暖的乳房。
它跪进清清的河水，
照了照脸，用去一朵荷花绽放的时间；
洗了洗身上的泥巴，
用去一只病蜻蜓从阴影中飞到阳光下的时间。
我尾随它转了很久，直到它爬上遍布碎石的山坡，
那是危险的石料场，工人刚放完炮。
它在一片麸子苗中停住，用蹄子一圈圈缠茎蔓，
直到把那个难看的伤疤藏得严严实实。
这是一个仪式，而且如此隆重，
这只羊想让孩子，一出生就能看见，
自己的母亲干净而美丽。

缓　慢

堤坝安静。
微风在波纹上弹琴，
黄鹂的声音里有五线谱。
夕光落在扁棱草上，
加深着七月和它的黄昏。
靠近篱墙时，
我去搀扶一朵萎蔫的绣球花，
它像一个人的灯芯，
心怀感念地亮了起来。

将晚的天色中，
我所热爱的事物，
比如银杏树，小松鼠，白鸥，灰鸭，
尤其是灵魂一样细软的那片沙滩，
它们坠入黑暗的速度，
变得缓慢。

……再缓慢一些就好了。

这个早晨

不要轻易说话，
一开口就会玷污这个早晨。
大地如此宁静，花草相亲相爱，
不要随便指指点点，手指并不干净。
最好换上新鞋，要脚步轻轻，
四下全是圣洁的魂灵，别惊吓他们。
如果碰见一条小河，
要跪下来，要掏出心肺并彻底洗净。
如果非要歌颂，先要咳出杂物，用蜂蜜漱口。
要清扫脑海中所有不祥的云朵，
还要面向东方，闭上眼，
要坚信太阳正从自己身体里冉冉上升。

够　了

二十年前，
遭受过雷击的玉兰树竟然还活着，
当我重回故乡，
它递来更多的浓香。

爱一个人，
不但得到了她的呼吸和白藕，
她还一下子给我生了两个女儿。
——一份幸福就够了，
比比居无定所的蜜蜂和蝴蝶，
比比寒风中搓手跺脚的卖煤人，
我得到的太多，
以至于不知道如何偿还，偿还给谁。

失眠时，一勺月光就够了，
失败时，一个温暖的词语就够了。
从一只羔羊的泪眼望进去，
能窥见那种清澈的温良就够了，
它却主动走过来，
轻舔我掌心的疤痕。

来到鹅塘村

你们从外省过来，
但愿你们的鞋底不是太硬。
在鹅塘村，小草的腰是软的，
蛐蛐的鸣叫比冰凌还脆。
别四下乱瞅，
当心碰疼羔羊的目光，
它的柔弱会折弯你们的清高和富贵。

来到鹅塘村你会惊讶不已，
这里河水如绸，
蓝蓝的天空下大地在喷香。
村庄很大，无数个我在劳动，
有的我在锄地，有的我在捉害虫，
有的我混迹家禽之中看不见那草帽。
来到鹅塘村，
你们会情不自禁地拿起农具，
爱上缓慢的岁月，半斤果实，十斤汗水。

来看看就行了，看完就走吧。

白鸽会送你们，
一只在前，为你们引路，
一只在后，招呼你们不必一步三回头。
走吧，要想再来就等下辈子吧，
亡灵已经显现，在花丛中看你们呐，
他们怀抱干净的谷穗，
微微含笑，无声地说："去吧去吧。"

寒 光

从山坡的凹处，
一头牲口呼哧呼哧挺上来，
全身的皮毛喷着热气。
它的脑袋像巨大的秤砣，
估算着背上的压力和欲坠的青山。

不知何时，
装满石头的两轮车，
已经失去了主人。

一头牲口的早晨，满目白霜。
一头牲口的深秋，闪着孤绝的寒光。

挖 土

一锹下去，再踩上只脚，
我听到玻璃灯罩被切碎的声音。
不敢再挖，
我怕下面就是亡灵的手指。
拖拉机轰鸣，大地颤抖，
然后，一片寂静。
雪压断地平线的声音，
月亮掉进深井的声音，
祖先关上门，没入黑暗……
我知道我触及了骨灰，
挖疼了一部乡村史。
我扶着锹柄，
铁锹斜入大地。
一群灰斑鸠飞过头顶，
它"咕咕"的叫声冰雹一样砸过来。

小鹌鹑

早晨，最干净是露珠，
最幸福是池塘含着月牙。
我分开草丛，看了看我的灵魂，
她拢着翅膀，睡得正香。
挖掘机，吊车，叉车，推土机……
地平线上竖着一排灰色的牙齿。
我抱起我的灵魂，
她的身体已经地震。
左眼在沉睡，
右眼流出泪水。

有时候

我在一个萤火般的小村庄生活，
有时候一出村口，
就看见一大片乌鸦刮过头顶。
拿着放大镜去找树叶间漏下的光明，
找着找着天就变得黑咕隆咚。
在牲口走过的土路上坑坑洼洼地走，
为什么走着走着竟会流下热泪……

我匆匆忙忙经过白菜地，
霜降之后，
为什么想起的总是远方的好姐妹……
那些抱紧内心的清白，
在寒风中努力不发抖的好姐妹，
异乡的生活是否少了些屈辱，多了些幸福……
我在自家的一亩三分地清除害虫，
有时候，
为什么一停下来，
就会有大于一个村庄的孤单和苍茫……

乡村词典

天空：蔚蓝色大锅，倒扣，谁也出不去。

大地：人活着时它在下面，死后，它在上面。

小沽河：白头鸭照镜子和人清洗肉体的地方。

镐头：挖掘硬物，撞出火星。

麦子：被削掉头颅，拥抱在一起成为麦草垛。

男人是灶膛里的灰烬，

女人是刚蒸出来的白馍。

不拧紧发条不跑的事物叫挂钟。

山顶上的小草比田野上的白杨高，

铁匠铺的铁在寒风中格外红。

为什么往井里扔石子总有回声？

因为十米之下有魂灵。

最后说说脚底下的虫子，

——那也是一条命啊。

在深处

就像出一次远门，
告别一部分亲人，去见另一部分亲人。
在阳光照不到的深处，
新生的小虫用潮湿的歌声迎我，
我将见到没发芽的种子，不烂的根。

我不再四处走动。
彻底静下来，听大地喘息。
儿女们在我身体上面耕种，
这声音原来如此细碎，如此感人。

转眼就是春天，
我生活在深处，
再也看不见地面上的芽瓣和花骨朵。
有人小声哭，忧伤渗进我的眼窝，
但我不知他是谁，该怎样称呼。
黑暗很厚，我努力把胸口朝上，
让走过大地的脚感到温暖。

鼹　鼠

大地内部，时光深处，
缩着脖子的鼹鼠很像一个绷紧的弹簧，
它举着闪亮的小铲子挖地洞。
有时快，有时慢，有时深，有时浅，
遇到过潮湿的果核，变质的花叶，松树的根须，
也遇到过腐朽的头盔，倾斜在黑暗中的断剑。

鼹鼠在地下挖洞，
地上的人隐隐约约能听到它的喘息和警觉。

在洞穴的前面，
当两具紧紧拥抱在一起的动物骨架突然出现，
鼹鼠咯噔一下怔在那里。
它举着闪亮的小铲子，不知是继续往前挖，
还是悄悄后退，回到明亮的地面上来……

我不是一个完全闲下来的人

我不是一个完全闲下来的人，
走在软软的田埂上，
我会把即将长歪的禾苗往左扶正一点。
前面有条要去松土的蚯蚓，
我侧着身过去，
把脚往右偏移了半厘米。
我的细心无人看见，
只是风吹过的时候停了一会儿。

我的体内吊着钟摆，
它平衡着我对大地摇摆不定的爱。
向左一点或向右一点，
都是精确的牵挂或善意的表达。
在我出生的地方，
我无法让自己成为闲人。
当我走在软软的田埂上，
如果一只益虫需要帮助，
我愿意放低身子，
该蹲的时候就蹲，该跪的时候就跪。

下半夜

北风把沙子甩在纸窗上，
我裹了棉衣匆匆走向后院，
看小牛是否降生。
天日益变冷，
我担心它在母腹的温暖中延期住下去。
风吹过来，又吹过去，没有哞叫。
当我挨近，
母亲正轻舔湿漉漉的孩子，
杂草铺好的床比原来凌乱。
孩子跪卧，
背上凛冽的星光让我内心一紧。
——作为主人，我来晚了。

躺在黄昏的麦秸垛上

风止住了青草柔软的钟摆，
蜻蜓低飞，麻雀盘旋，它们正打算落宿。
沿着河边行走，清澈的羊咩让我放慢了脚步。
躺在麦秸垛上，迎面是缤纷的晚霞，
深呼吸三次，倍感时光轻松。
闭上眼，童年消逝的一切全部浮现，
就像这尘埃落定的黄昏，
再过一会儿，星子又会以昨夜的光亮重现天空。
就要困倦，就要梦见卸去荣辱的马车，
碾过大地平静的脉搏，飘向远方。
而在这之前，一只小小的蚱蜢，
已经斜靠我的脚背安然睡去。

俗世之爱

锄完地我就拔草，
拔完草我再撒化肥。
喷完农药我就用野芹的汁液洗手，
活全干完了我就在花香中歇息，
就听鸟鸣，
看蝗虫在露珠滚动的叶梗上荡秋千。
想你了我就回家。
你摆好酒菜我就坐在饭桌旁，
你铺好床我就搂着你睡觉，
你老了我就继续与时光搏斗。
我们的俗世之爱体现在最后那天早晨，
你用皱皱巴巴的嘴唇亲着我说爱我。
我掰开你干枯的小手，
硬要先去院子里望望，
芝麻开花了没有……
浆果熟透了没有……

唉——

天上，哭泣憋在乌云里，
地上，受苦的万物颤抖在命运里。
孩子被母亲含在眼眶里，
被长久忍着，不涌出来……

从《诗经》的泥浆里，
从戒指的阵痛和时间的刑法里，
单数的农妇直起腰来。

唉——她仰天长叹……

人世苍茫，重症的叹息，
压弯地平线，打翻落叶的小船……

傍　晚

布谷声在栗树林和小山坡之间来回捣着。

草叶上露珠轻晃，亲爱的忧伤碎了，

叶赛宁的祖国和我的胶东半岛落入同样的苍茫。

一夜之间，粮仓满了，大地瘦了。

傍晚的小毛驴走过空空荡荡的田野，

它打量每一个经过它的人，

澄澈的目光比往日更加肃静。

三种树

在外省市许多出名的山上，
有蓝果树，小果吴茱萸，石栎，丝栗栲，
还有中华石楠，华杜英，细齿稠李，小紫槭，
南方枳椇，马尾松，红豆杉，金缘榕，
密花树，甜槠，黄丹，木姜子，大叶青冈，
还有香港黄檀，乌岗栎，野槭树……
我几乎找遍了所有的树，
就是找不到洋槐，梧桐和白杨。

这三种树在我们鹅塘村很常见，
有这三种树的地方不一定是我的故乡，
但我的故乡一定缺不了这三种树。
洋槐花可以吃，能医治苦痛和无常，
梧桐叶很大，灵魂燥热可乘凉。
最难忘的是那些白杨，
砍掉任何一根枝条，伤口都会结疤。
那些大大小小的疤痕非常像人的眼睛，
一年又一年，盯着灰白的土路起伏跌宕，
踌躇满志的少年结伴离开，
白发苍苍的老人，孤苦伶仃地归来。

秋 天

风越来越高，秋越来越深，
树木把养分和阳光运送到果实内部。
桂花开了，好运来了，
病重的灰鹤终于飞起来了。

小池塘的树荫下，
我的双胞胎女儿半跪在玉米秸上，
田字格，红铅笔，
她们又学会了几个好词语。
大女儿指着田野说，
"金灿灿"，"一望无际"。
小女儿用荷叶捧起一只碎了壳的蜗牛，说，
它是孤儿，"无家可归"。
她要好好照顾它。

亲人谱

二月耕地，看见菜籽要生根。
三月修剪桃枝和长发，听说燕子要出嫁。
七月摇扇子，熄灭蝉鸣与肝火。
八月割苇，十月收谷。
白天用太阳夯路基，
晚上用月光洗皱纹。
我在花蕾中写诗，
爱人在落叶中生下双胞胎。

风一年年吹，
雪一年年下，
亲人在变白，
时光在变黑。
一群佝偻着身子的人头挨着头，
用节省下来的泪光，
照一照病婴的啼哭。

如果你来看我

如果你背着一捆报纸和想念来看我，
必先蹚过三条小溪，听到三百六十五种鸟叫。
小路蜿蜒，尽头的尽头是一百亩桃林，
我正打开内心的盖子，往外舀脏水。
我爱的人淘米归来，
做饭前先亲我，
亲我时碰落无数花瓣。

我已习惯这没有算盘的生活，
用石子计数，用脚印丈量田地。
我的邻居全是虫啊鼠啊之类的小生灵，
我虽骂过它们，
但孤独来袭时，它们会帮我摇响豆荚的小铃铛。
我已爱上这里，包括过多的灰尘和荒草，
等到曙光斜照，
我和身处的世界都是红色的。

什么也别说了，原路返回吧。

若干年后，如果还有人打听我的下落，

就说我去了出生地，

大自然用秘密的花香阻止男人流泪的好地方。

到天堂住下

老了，踩着谷仓或梯子上去，
那儿多干净啊。
没有沉重，只有透明的蓝、轻盈的白。
先我出生的人早在那儿等候，
祖父，广瑞大伯，杏花婶，驼背爷，瘸腿七，
一个不少，全坐在彩霞上捡芝麻，
好得像一家人似的，
再也不为一棵被踩死的禾苗发生械斗，
没了仇恨，只有安静。
我夹杂其中，再也记不起前生，
忘了罪责和苦痛，
只记得自己曾在人间劳动，
冒着冰雹，把一袋袋麦子抱进祖庙。
孩子，我已在天堂住下，
再也回不去。
颗粒无收时我会挂念你们，
我看你们隔着白云，
你们看我隔着厚厚的尘埃。

晚　了

无数次坐在土墙上，
无数次打量西边的乱岗，
染红我的是同样的落日和悲凉。
有一天，一对陌生男女从大路拐过来，
耳鬓厮磨蹭向田垄。
穿过荆棘丛就是茂密的松林，
他们以为松林里有绵软的草床，
我想叫住他们：那是鹅塘村的坟场！
因为爱得太深，早已失去听觉。
晚了，两个人越来越亲。
我一阵恐慌，
就像自己的爱情即将遭遇死亡。

验 证

这个小村庄让我生活得过于安宁，
我想用大米换点时间，随便出去走走。
我相信，阳光还会一丝不苟地浇灌耕地，
稻草人还会衣衫褴褛地照看庄稼，
无论流浪到何时何地，我都了无牵挂。

我只是随便出去走走，若干年后，一定回来。
我想验证埋进炉膛的杏核会不会发芽，
燕子知不知道到我的帽子里筑巢，
饿极的老鼠会不会偷吃我藏在粮屯里的诗稿，
还有，庭院里的青草能不能蔓延到我的床头。
最重要的是，当我回来，轻推篱门，
我那胡须拖地的老山羊，
我那从雪堆中跪起来的老山羊，
会不会热泪盈眶。

只是随便出去走走，
我还要原路折回，

一条缀满野花的小路，一驾吱吱扭扭的马车，
细雨中打瞌睡的那个老头，
还是一贫如洗的样子。

娘

一位老人病危，脑袋耷拉，像秋后的茄子。
娘领我去看她，
她正在抚摸拐杖上的疤痕。

娘说我欠这位老人三天三夜的奶。
有一次娘住院，
是她用洁白的乳房安抚了我的啼哭。
如今，她病重，余日不多。
我呆呆地望着她，
不知道拿什么来偿还三十年前的恩情。

娘把我的手放进她手里，
说："你吃过她的奶，
喊一声娘吧……"

我没来得及喊出，
这位即将被死亡带走的老人，
早已泪流满面。

梦　见

下半夜，祖父悄无声息地回来，
他抖抖腐烂的身子，泥土、冰雪和虫声落了一地。
在村头，他从怀里掏出锈迹斑斑的镰刀，
一口气割完了我剩下的半亩芦苇。
他推门回家，钉子碰断手指，却觉不出疼痛。
他悄然无声地四处走动，
一会儿掀开锅盖，一会儿摇摇空酒瓶，
最后在粮囤后找出缺口的烟袋嘴。
他在院子中央坐了又坐，
忽然从牲口棚翻出一台破挂钟，
吃力地，非常吃力地上了几圈发条。
这时，我梦见自己的身体被拧紧，直冒冷汗，
我惊恐地坐起来，祖父轰然倒地。

农村常有这样的暮色

先是一位攥着鞋子的妇女，
跟跟跄跄经过我身旁，
一遍遍喊："柱子！柱子……"
紧接着跑过一个满脸黑泥的小孩，
边哭边喊："娘——娘——"
他们的声音一开始很大，
后来变哑，
一阵比一阵小，
一声比一声模糊，
像被什么吸了去。

两个人，
一个丢了儿子，一个没了娘，
谁也帮不上谁。
他们从相反的方向经过我身旁，
又向相反的方向走去。
相反的方向笼罩着相同的暮色：
厚重如棺盖。

作文课

到了春天，老师总要让孩子们
写"万物复苏"之类的作文。
其实，就在上午，
王六凳的爹娘喝完农药互相抱着睡了，
鹅塘村的新媳妇哭着点燃了自己和婚房，
烧焦了一窝燕子，八只麻雀，半亩油菜花……

每年春天发生的痛心事，
三辆灵车、五辆灵车根本装不完。

孩子们却不管这些，
他们埋着头用比喻和排比歌颂春天。
一年级三班的姜大虎还给丫妞写纸条：
我要在花丛中，qin 你。

鹅塘村禁忌

在我们鹅塘村，茅草多，曲曲菜多，
牛羊眼里的星星也多，
传说很多，俗语很多，禁忌也很多。
见到刺猬需噤声，它是圣虫，
听到乌鸦叫需吐一口痰，以破凶兆。
人的乳牙要扔到屋顶，
牲畜的睾丸要挂进粮仓，
婴儿的胎毛要制成毛笔，
少女的第一次经血要埋在玉兰树下。
五年的公鸡能成精，不能杀，
十年的紫藤通人性，不能伐。

在我们鹅塘村，
万物有灵，石头有心，
有些话不能说，有些事不能做。
鹅塘村太小，所处的地理位置不好描述，
皇帝、贵妃、将军、钦差大臣从没来过，
他们不知道，

这里的禁忌和皇宫里的财宝一样多。

我离开鹅塘村许多年了，
这些禁忌，
有时候是蜂针扎在嘴上，
有时候是灼热的狗皮膏药烙在心里。

在我的故乡

不是每一个人都能看见蜻蜓在水草上产卵，
也不是每一个人都有福分看见蜻蜓边飞边做爱。
看见蜻蜓产卵的人，看见蜻蜓做爱的人，
很快就会由少女变成新娘。
而从新娘到母亲，
也就是从这个村到那个庄的距离，
从一块红盖头到一块婴儿尿布的距离，
少则半里，多则四十里、五十里。

我喜欢坐在田埂上

我喜欢坐在田埂上度过一个个秋天，
谷子和高粱被砍了头，
优秀者被运往城市，
劣等者被贮存在潮湿的粮囤。
我喜欢望着空旷的庄稼地发呆，
去年见过的蜻蜓不见了，
田鼠饿着肚皮走了，
鸟雀飞过我头顶的时候羽毛散尽，
只剩下一副零乱的瘦骨架。

大地上的小公民都去了该去的地方，
只有我还活着，
还坐在岁月的田埂上，
继续见证那个看不清面容的人，
用坏了九张犁耙，
种完了五十六茬庄稼。
再过几十年，我也将离开，
这条田埂将空下来，
远道而来的风将毫无阻隔地吹过来，
好像这里从来没人坐过一样。

忆

城里的兄弟，
驱车来乡下看我。
酒至下半夜，
飘起小雪，
忽然说起小时候，
挖泥鳅的事。
屋后埋萝卜的地方，
向北一百米，
就是苇湾。
薄雪下面是冻得开裂的黑泥，
用铁锨小心地铲下去，
那些冬眠的小生灵，
紧紧抱成一团，
软软的身子，
像一圈圈温暖的光阴，
让锨刃颤抖。
当时，我们应该，
重新把它们放回窝里。

南 瓜

没有理由不写下爱，
我的灵魂是蓄满墨水的瓶子。

这些布满疤痕的南瓜，
这些坚硬的胃，消化了太多的风雨雷电，
这些默不作声的椭圆形光阴，
我爱它们向阳的一面，
那种沉甸甸的黄色就像土里挖出的金子。

我在半坡上俯视它们，
有聚有散，有大有小，有亮有暗，
一如《诗经》遗传下来的好句子。
有时候我靠近，
轻摸它们朝北的那部分，
轻微的凉，温暖的湿，
我更加秘密地爱上它们。

孤独的鸭子

我还没有资格说我是孤独的，
但今夜，唯有我一个人目睹了水湾的辽阔与神秘。
十二点之后，一只鸭子出现了，
由远及近，径直向这边游过来。
它不时地把头扎进冰冷的水中，
捞起烂绿藻和鱼骨，
古代的耳环，半把长命锁，还有淤泥和黑暗。
它一次次把身体的前半部分弯成钩子，
湿漉漉地演给我看，
像是某种仪式或示范。
水被搅响，水中的月光被搅响，
村庄睡得很深的血液也被搅响。
——这只无人认领的鸭子，真正的孤独者，
为了让人听清一部沉潜水底的乡村史，
它选择了我。
它是不是非要陪我失眠，思索到天亮……
而我承担不起一只鸭子给予的暗示，
夜太深，我困极了。

小沽河

天暗下来，
一个月亮挂在天上，
一个月亮落入水中。
那时候，四下没有大人，
我们把身子挤得更紧，
露水湿了兜肚，
而呼吸变暖。

在类似的时光中，
小沽河从脚趾间流过。
我三岁，她两岁，
在鱼的啜水声中，
我衔着半个花瓣，
亲了她。

栗　园

秋已深，

蚊子渐少。

在草棚里仰躺，

细数栗蓬爆裂和落地的声音。

有耳朵就是快乐的。

天上，银盘很大。

我整夜醒着。

露在外面的半个身子被照亮。

抚住胸口，

甚至能听到

启明星在千里之外，

小声咳嗽。

父　亲

打我的那个人被喊作父亲。
他的拳头坚硬，关节嘎巴嘎巴地响。
因为偷吃了邻居家的红枣和月光，
他狠狠揍了我一顿。
父亲冲过来就像火车头撞进麦田，
让我想起惠特曼用他的粗嗓门，
击败了诗歌的夜莺。

惭愧极了

作为一个懒散者，
与那些义务搬运花粉的昆虫相比，
我惭愧极了。
在乡下生活这么多年，公鸡不厌其烦地喊我起早，
梧桐花从不吝啬自己的花香，
每次想起这些，我惭愧极了。

从田埂上走过，拉提琴的小蚱蜢告诉我，
蓝天护佑着故乡，白云下面好时光。
那些老眼昏花的乡亲，为了翻捡遗漏的花生，
握着小铲子，跪下膝盖挖个不停。
她们为劳动所累，但保持了生存的平静，
看着她们边擦汗边拉家常，
我惭愧极了。

尝 试

我对黑暗说"亮"，
那半截蜡烛真的亮了；
我试着在掌心写下"绿"，
那株芭蕉的病叶子忽然绿了；
我用手去抚摸一朵枯萎的花蕾，
它立即结出密集的小果实；
我把肉身变凉的小猫抱上眠床，
它的眼睛盈满感恩和暖意。
我试着去爱，去相信，
重新认识原来怀疑的一切，
认真打量这变化多端的世界，
能试的全试过了，
该应验的都应验了。

但有些事物是永远也不能尝试的，
它们就潜伏在我们的嘴上、手上和心上，
像一种一触即发的
美丽的毒。

一个人的三月

我一动不动地坐在潮湿的树桩上，
不是读书，写诗，思考关于腐朽的问题。
我想知道一个被砍掉了梦想的人，
会不会重新发芽。
春暖花开的日子，鸟叫也是绿的，
需要多少忏悔才能磨亮生锈的誓言……
需要多少祭品才能赎回洁净的时光……
多少人还在弄脏自己……
多少人用曙光清洗一夜的罪责……
三月，坐在潮湿的树桩上，
我看见河流哭着奔向大海，
它发抖的缰绳牵着我，像牵着知错的豹子。

零点月亮

就想找棵称心如意的树靠一会儿，

夜深不可测。

我不停地走，

左手抱着右肩，

右手护着左肩。

楼群坚硬，

漂浮的那种事物就是你们所说的月亮。

我替它冷，

偶尔，还替它在风中摇晃。

下一个黎明

我有下一个黎明，不好不坏的一天。
阳光下叹息，平静地摊开被噩梦淋湿的床单。
我有一座寺庙的孤独，
与采薇归来的尼姑一起，坐在白云的投影里诵经。
我有尘缘未了，但早已结束了肉欲的燃烧。

认识的人已经太多，它们到底是谁我却知之甚少。
爱我的人将得到我真实的消息，一壶春水的心跳，
恨我的人，我已经在一首诗里祝他长生不老。

珍惜每一个黄昏，能够想到的事情尽量去实现，
从鄙视自己开始，记住爹和娘的生日，
从体验四季轮转开始，关注一棵小草的病变……
人一旦觉醒，即使亡羊补牢，
也要热爱这哑巴的大地，无常的人间。

阴影里，夹缝里

在大地的阴影里，在低处，
昆虫是一种又小又轻的存在，
一阵风就可以把它们吹出很远。
如果想回到原处，
它们要跌跌跄跄爬上三天三夜。
更不幸的是，
从高处砸下来的一个坚果或半块砖头，
随时都会夺去它们的小命。

在城市的夹缝里，在暗处，
有一些憋屈的人，黯淡无光的人……
被牲口一样驱赶的人……
他们有着和昆虫相同的处境，类似的遭遇。

在世界和苦命面前，昆虫永远无法
喊疼，因为它们没有嗓子。
人有嗓子，很多时候，却
默不作声。

风吹到我

风吹过湖水，
湖水是要生出皱纹来的；
风吹着雨中的芭蕉，
芭蕉是要哭泣的。
风吹到我这里，我立即老了，
白发不乱，眼睛不灭，
我好像很坚强。

有时候我怯怯地想，
如果一个人把一生中
恨错的好人，忘掉的恩情，
还有辛辛苦苦挖下的废树坑……
全部向世界敞开，
风会用这些隐秘的漏洞和病灶，
吹奏出多少悔和疼……

小　睡

不要车祸，战争，绝症，洪水，
让我自然而然地老，哦，就像现在，
面容可以再丑些，手颤抖得握不住拐杖。
年限已到，每个人都有那么一天，
但是，永远别说出灰蒙蒙的那个字，
我只是无法继续热爱阳光和大地，
累了，想小睡一会儿。
让我换上出嫁时穿的衣裳，
尽量美丽些，干净些，允许我小睡，
稍等，我将在另外一个地方醒来，
从一株小草，一粒露珠，
一只小白兔纯洁的泪眼中。

月　光

月光下漫步，那是闲着没事，或者
吃饱了想打嗝。月光不是用来
浪漫的，月光下的誓言，
一般来说，不会永恒到天亮。
月光真正的作用，一是用来仰望，
思念亲人，泪眼汪汪，
二是可以用来醉酒，消愁，发呆，
让睫毛不知不觉地沾满
宋朝的秋霜、虫鸣和一层层薄薄的凄凉。

人类热爱月光，信任月光，
有了冤屈和苦楚就求助于月光，
这是可以理解的，但实际上，
月光帮不了什么大忙，相反，
它只能加重我们的悲伤。
月光适合用来做比喻，制造情调，
但现实生活中的问题，
归根结底还需要有大于月光的力量。

我老家一对老夫妻，

一个八十七岁，瘫痪了十二年，

一个八十八岁，能拉会唱，肺癌晚期。

中秋之夜，两个老人互相

抱着，点燃了炕上的棉花被。

屋梁倒塌，瓦片碎落，

月光被烧得噼啪噼啪响。

大火中，越来越微弱的声音在唱：

月光晃晃，

大路朝上——

打　水

那口老井已经废弃很多年了，
奶奶忽然想去打水。
她踩着当年的青苔路，
向一堆烂树根的后面走去。
她把桶放下去，
第一次捞上一只生病的月亮，
第二次捞上一只饿死多年的老鼠，
小小的身体泡得发白。

第三次，奶奶按捺住内心的哀戚，
这回，她捞上一个抖抖索索的孩子。
三十年前，这个孩子曾弄丢了一只布鞋，
奶奶安慰他，他还是不敢回家，
重又跳进井里。

十几米之下的黑暗里，
隐隐传来贫穷年代才有的那种抽泣，
像潮湿的棉线锯过骨头，
低沉……持久……

岸 上

这里水草丰茂，
许多刚出生的绿青蛙，
只有指甲那么小。
它们在细软的沙上蹲成一队，
看小红鲤顺流而下。

倾斜的岸上，
两个陈年草垛之间，
牛陪着我读《鹅塘村纪事》，
其实它和对岸的哑巴娘一样，
一个字也不认识。

一阵风把苇笠吹进河里，
牛帮我叼上来。
我扯了一把嫩草答谢它，
它舔舔我的脸颊，
眼里闪着光，
"哞"了一声……

大　雪

九个孔的桥，弓着万古愁。
一尊牲畜，压住最高点。
风拔石缝草，风撕红鬃毛，
风咬紧白茫茫的世界，冷到牙齿缝。
唯有裆部的肉铃铛，
冒着热气，闷声不响。

写在沙上的祈祷

愿他进入黑暗时不受任何阻拦，
愿世人原谅他的从容和平静。
愿他被芦苇包裹，蚂蚁抬柩，
最后的哭泣能够冻结某些人的冷笑。
愿他的心脏得到公正的称量，
血液中仅有的一点杂质被彻底滤净，
他的眼珠能够多喂饱几只益鸟。
愿穷人得到曙光和针线，
流浪者在溪边安家。
愿庄稼茂盛，贪婪者吐出吞下的种子。
愿他一天两次饮到露水，
思念和清明节的小雨一样准时。
愿他得到更多的蛋糕，更真实的泪水。
愿后人善待他亲手种植的塔松，
愿坟头的浅绿擦亮陌生者的凭吊。
愿黑土不要堵住他的喉咙，
他有许多话还没说完……
他深深惦记曾经生活的世界，

有人抱怨时,
他轻轻弹唱胸膛中的高山流水……

除 夕

灯火通明的小村庄，
总有一家是空的，灭的。
想家的人不一定都能回家，
回家的人不一定都快乐，
有的欠了一身债，有的碎了半颗心。
刚丧亲的人家，
门上只能贴黄烧纸；
刚娶了媳妇的人，
他家的灯笼特别亮。

鞭炮响过之后，有人看见，
一个古代少女蹲在树梢上哭泣。
爷爷说，
族谱里没有名字的人，
进不了活人的家门。

家　书

落日盛大，
我心悲凉。
茫茫海上，
念我故乡……
至此，我再也写不下去。
本来应该提及工作上的事，
昨天被偷的暂住证和十八块三毛钱，
……还有父亲的脑血栓，
……小女儿的脑炎。
但泪水已经堵住了钢笔，
实在写不下去，
只匆匆在信的末尾写上：

爷爷忌日那天，
孙儿，一定
回家。

一粒蚂蚁的下午

一粒蚂蚁费了整整一下午时间才爬到电线杆的腰部，
它看见一粒民工背着哥哥的尸体，
跨过高速公路，摇摇晃晃向地平线走去。
极目远望，乌云像一块巨大的淤血噎在塔吊的喉部。
更远处，一粒眼瞎的老妈妈，
费了整整一下午时间才从粮囤中摸到儿子的长命锁。
在此之前，她摸索着，把一朵塑料花嫁接在仙人球上。
天就要暗下来，视线越来越黑，
如果这粒蚂蚁一口气爬到电线杆的顶部，
它还将看到什么……

环卫工

垃圾车上挂着一个精美的月饼盒子，
我因此记住了他的表情，
平静中隐藏着小小的喜悦。
中秋节之后的风吹着街上的塑料袋，
也吹着他半黑半白的乱发。
他从楼群巨大的阴影中转出来，
走到有阳光的地方，
停了那么一小会儿，
顺便用衣袖擦了擦眼角的尘埃。

我目睹那个空空的月饼盒子，
在中秋节之后的风中，
晃荡着，晃荡着，
渐渐消失在这座城市稀薄的曙光中。

兔　子

2003 年，我还在老家教书，
送走最后一个学生，
赶到幼儿园，我就成了最后一个
来接孩子的家长。这两者之间构成
悖论，前者越让我心安，
后者越让我难过。
有一天我来得比平时更晚，
小女儿一看到我就哇哇大哭：
"姐姐摔出了血，嘴唇磕成了三瓣，
她在厕所里，爸爸快去救！"

在纷纷扬扬的大雪中，我搂着双胞胎女儿
直打冷战。大女儿满手是血，她说：
"是不是小孩磕破了嘴唇，
就会被大灰狼当成兔子吃掉？
我捂着嘴唇躲进厕所，那里又脏又臭，
大灰狼肯定不会进来。"

全家迁居上海好几年了，那场大雪
仍在不断下着。我经常感到
那只大灰狼，一直在生活中潜伏着。

凋　谢

离家千里，体内垃圾成山。
中秋，湖边赏菊，
刚刚构思好的诗句，
忽然断了香气。
上一刻，碧波荡漾如乡愁，
下一刻却成了痉挛。

此去经年，患得患失。
大雪封住百会穴，梅花生病。
我垂挂枝头，
不知如何凋谢，
才可以缓解疼痛。

在上海

在华亭老街，十里繁华之中，
我时常想起我亲爱的北方。
离家之后，我好像有了两颗心脏，
一颗用来在汽车的喇叭声中悸动，
一颗用来在李白的月光下思乡。

夜里每一次想起北方，
被子上就落满一层冰霜，
想一次北方，落一层冰霜，
先是覆盖肉体，
接着把灵魂冻伤。
肉体和灵魂同时卧床不起的时候，
人就老了，
就看见滚烫的夕阳从天空的眼角，
滴落，成为沧桑。

To All Things

辑二　致万物

（2014—2018）

大仓桥：致恭敬

有一些鱼经过我，我却叫不上它们的名字。
陌生是好的。互不相识，也互不亏欠。

一颗安静的心，对得起红尘滚滚的生活，
干净的夜风，对得起一条河蜿蜒向前的浑浊。

从桥上看，北斗七星有些陈旧，
它正好可以低调。不璀璨，也不孤单。
月光也有稀薄的时刻，
但大仓桥依然明亮，因为它古老。

你看，风吹着有沧桑感的事物，
总是那么恭敬。

在野外：致独角仙

荒凉的芦苇后面，
灌木丛中挂满浆果，
就像隐士不在市井之间。
风顺着缝隙吹进来，
又退出去，
里面是安静的小世界，
有亮若瞳孔的蓝花，
也有轻于肉身的碎羽。

我蹲下来细看，
一只独角仙正拐进背阴的枝条，
它可能要小憩，
把身上的阳光脱在了外面，
就像脱下
型号过大的虚名。

小菜园：致两种德性

苦瓜在苦修，
甜瓜在自我陶醉，
小蚜虫好不容易找到嫩叶，
无声的美餐，
根本停不下来。
此刻，瓢虫在午休。

小菜园拥有两种德性：
益虫做好事，害虫干坏事，
大家相安无事，各活各的。

我惊叹于世界的无言。
在雨的肯定里，
万物享受倾泻而下的恩泽。
当风吹过来，带着一阵否定，
小草从容地应付着，
生长得更有韧性。

山中：致寂静

在寂静的山中，
有一些桃树被雷电伤害过，
每一片绿叶都带着疼感。
我在晨风中遇见它们：
不在春天哭泣，
只在春天开花。

转瞬，夕照扩散到肺部。

我大口大口呼吸着香气，
打发漫长的一天，
辜负了短暂的一生。

散步者：致修辞的拐弯

野鸭对一条河的了解，
不仅仅浮于水面，
还经常沉潜，试试深度。
小时候，我也喜欢扎猛子，
练习憋气，沉溺于危险的游戏。

这些年，生活把我教育成一个散步者。
岸边，酢浆草空出一条小径，
我被尽头鼓励着走向尽头，
把未知的弯曲，走成已知的风景。

这个过程带有惊喜——
春风轻拍枝条的关节，
拍到哪儿，哪儿弹出花朵。

正如你们所知，花开是有声音的。
除此之外，
晨光，唤醒视力……
爱，调整琴键的呼吸……

每一种修辞，
都有妙不可言的拐弯……
所有这些，我都深深迷恋。

晨有露：致珍珠

晨有露。万物找回了昨天的心。
花瓣似汤匙，盈满浓稠的喜悦。
白头翁来吃我的葡萄，我唱歌给它听。
花栗鼠来啃我的马铃薯，
我送给它雅姆的诗句做晚餐。

晨有露，高处的事物
慢慢获得了慈祥的资格。
低处的翅羽缩回壳里，
顺着藤蔓落回根部的疤痕。

八月抽高了蓊郁的树冠，与清风齐眉。
天上那光辉从密叶间落下来，
在鸽子的背上散成珍珠。

创可贴：致万物

第一贴：风吹睫毛，心有悲伤。

第二贴：活成哲学，疼成歌。

第三贴：咖啡里有乌托邦，又甜又苦。

第四贴：我想解放自己，骑着蜗牛去流浪。

第五贴：我依赖孤独活着，孤独加倍溺爱我。

第六贴：天使的心，也是肉长的。

第七贴：春天可以疗伤，每一片绿叶都是创可贴。

第八贴：天蓝得没有皱纹，水清得可以用来哭泣。

第九贴：我有一根灯绳，还缺一个开关和一盏灯。

第十贴：把落英缤纷的小路卷起来，回家当床单。

第十一贴：我爱的那个我，比我更好。

第十二贴：活在朝霞之上。

雄马：致孤单

雨打风吹，落英满地。
世间所有的美，都屈服于流年。

雄马立于雷神的长鞭下，
鬃毛沾满樱花的灰烬。
它以隐喻的方式打着响鼻。
有多嘹亮，就有多孤单。

暴雨过后：致樱花

饱尝悲辛的人，
向命运深深鞠躬。
暴雨过后，
那条褪色的小路，
那把空空荡荡的藤椅，
仅仅需要一些樱花，
落在上面。

雪夜：致泉水

格子窗。
动物轻微的咯吱。
雪在加厚我的夜读。
松枝煮茶，
热气弥漫瓶中的枯梅。
听完壁钟十二声，
推门出去。

在结冰的泉边，
我陷入孤独的思索：
那流动的蓝光，
如何顺从雪的覆盖，
慢慢停止了神秘的流动……
那不为人知的泉眼，
是不是还在某行诗的深处，
醒着，等待着……

菜园：致晨光

晨光短暂，
芋艿叶抓紧时间打开自己。
我舒展腰身，
对着无人的菜园说"早安"。

葫芦一边壮大肉身，
一边引导雄花向高处攀缘。
我知道它还缺少骨头的支撑，
就把竹竿插在它身旁。
晨光短暂，
但这是信心满满的时刻。

我去小溪提水，
一只小虾弹向绿浮萍。
我弯曲在水里的身影，
被它机警的一跃，
破解为清澈的涟漪。

梳子：致月亮的后半夜

月亮的后半夜，银发凌乱。
也许，它仅仅需要一把梳子。
我匆匆赶到湖边，
为了在黎明前，
摸一摸正在溶解的那半张脸。

子时：致隐逸派

向日葵和曼珠沙华属于浪漫派，
自白派弯曲花丝，宣泄闷愁。
最爱隐逸派，
比如简居湿地的鸭跖草，
爱它经典的灵魂蓝，
不声不响结种子。

风已眠，夜露重。
我披了长衫，
隔着红蓼草听泉，
万物都有微响，
我往玉簪花的耳蜗里呵气，
它响了一下。

大约子时，
夜黑得渗出蓝意。
我测了测自己的脉搏，
较弱，如睡莲。

敬老院：致灵魂的工作

深夜，趁病友熟睡，
他遛到 5 公里之外的植物园，
浇花，除草，为盆景松土，
嚼松针，尝花粉……
捡一些落英放进口袋……
天亮前回到敬老院，
倒头大睡。

这个老年痴呆症患者，
曾经的园林工，
每夜梦游，都干着同样的事。
一个人还没死去，
灵魂要做的工作，
已经提前开始了。

黑夜：致皎洁

我的哀愁历史悠久。
我对人群充满戒备和焦虑，
对头顶的天空崇敬有加。
我喜欢星星，信任遥远、微弱但确切的光。

月亮总是在最高的地方显现肉身，
它让黑夜有了一颗皎洁的心。
万物拜月亮为师。

宁静的小院：致群星

跟着狸花猫，
从橘园回到家里，
桂花的浓香暗藏粗粝的砂纸，
一阵阵磨亮月光的嗅觉。

肺腑中有个宁静的小院，
群星安睡，忘记移动。

滴答：致芭蕉夜

云雾不着痕迹，
轻轻抹去山峦的巍峨。
耗了许多年，
我勉强参透留白的艺术。

幽居久了，
渐渐拥有兰花的气质，
无风，无为，
经常忘了自己。

在晚唐的遗落里，
一首七言绝句，
至今仍淅淅沥沥。
我慢慢融化为几声滴答，
为了般配
这雨打芭蕉夜。

槭树下：致孤独

在悲戚的"戚"旁边，
种上一棵树，
就成了"槭"。

春天是个好时节，
槭树下，适合找个人，
一起孤独。

而真正的孤独，
多一个人，会更加孤独，
那就保持原样：
单数，沉静。

耳朵深处，
风吹着草叶的茸毛，
许多微妙的意义，
被意义的本身，
轻轻唤醒。

春天太珍贵了，
珍贵得只能用来孤独。
樱花落了一天，
我陪着樱花
落了整整一天。

忏悔：致小鹤

果实累累啊，
深秋隆重得像一场忏悔。

晚风终止了吹拂，
皱巴巴的湖水，
恢复为圆镜。

小鹤从败草中飞起，
破碎的过往中，
洁白的幸存。

田园诗：致孤独的面孔

光阴有些冷，它懂缩骨术。
那舍弃了花朵的紫藤，
看起来比夏天清瘦，
那风干的橘子，恰如
事业在枝头完成了甜蜜的燃烧。

一条直道走一年的人，
都练习拐弯去了。
我把自己留在一首田园诗里，
冬眠之人，犹怀小满之心，
想一想白鹭在哪片芦苇过冬，
数一数圣诞树上住着几个天使，
神也会老去，
数一数羽毛每天掉几根……

更多的时候，我从早晨出发，
慢悠悠走进镜子里的小河，
把真理那孤独的面孔，
端详成透明之人——
那永不结冰的幻影。

冬至：致世界观

1
相对于时间的寡言，
梗着脖子的
向日葵，比满山遍野的斑鸠叫，
更像是一场失败。

2
万物凋敝之时，
雪带着凛冽的北风，
验证大地之余烬。

冬至来临之日，
在一座荒山的腹部，
半棵李子树，
竟然逆风开了花。

3
昨天，枯叶已开始

从枝条上撤退；
今天，菊花带着陶渊明的
世界观，落回一片草的安宁。

风雨的间隙：致山梗菜

在一阵微风和一阵细雨的间隙，
松鸦不快不慢地叫，
有所启迪地叫，
像是唤醒我，
又像不是唤醒我。

我晃了晃身上的光，
还没有想滴落的意思。
我爱山梗菜，
花冠内部的绒毛，
让我舍不得，
这清寂的时刻。

明媚：致故国

穷孩子喜欢二月兰，
那些碧绿的抛物线，
每一根都吐出一朵蝴蝶结。
公园不大，恰似缩小版的故国。

阵风略带忧郁，
小松鼠蹦来跳去，
湖水爱怜过路的白云。
蔷薇篱笆和瘦石的阴影之间，
需要阳光缝合悲喜。

树瘤耐着性子，
努力扼制初春的病情。
豆娘如幽蓝的闪念，
点亮间断的笛声。

天气由阴转晴，
明媚的事，终将一一实现。

独身：致语言的孝子

从寺庙进去，从前世出来，
这是虔诚的香客。

从当代进去，从古代出来，
这是自然的门徒。

以凋敝的方式离家出走，
带着赋比兴的香气回到亲人中间，
这是语言的孝子。

二月递进为三月，
人升格为人生。
香客在红尘中行善，
自然的门徒在山水间散步，
语言的孝子忍受着独身的自由。

启蒙：致悲伤的弹性

前年的松果还没入土，
又一轮春天从眼眶中溢出。

斑鸠一声比一声低沉，
那是对亡灵最好的启蒙。

枝条之美，来自弧度，
它掰弯自己的时候，
很好地保持了
悲伤的弹性。

春的庵：致紫雀花

细雨忙着针灸的善事，
万物借势苏醒。
众鸟一心，
啾啾着湖泊的丹田，
在贯气。
潮湿的老寿星抱着经书，
走上向阳的草坡。
禅，屏住满山的宁静，
轻轻捏走了
紫雀花的性别。

唤醒：致滴答

阵雨停歇，
木莲还在滴答着
另一场更缓慢的雨。
母性的旁边，
冷杉是正直的父亲。
一些水珠追随着另一些水珠，
表达义捐的敬意。

风有吹拂的情义，
大地知道一朵碎花的苦楚。
佘山之巅，
恍惚着一些无名的存在，
那细若游丝的香气，
是被耐心的滴答，
一点一点，唤醒的。

遇见喜鹊：致仁慈

无数次小小的失意之后，
才能遇见喜鹊。
停顿于命运的侧面，
听它在曙光里调试嗓音。
我从荒草走向小路，
像一粒音符找到曲子的入口。

遇见喜鹊，
它提着分针和秒针，
从垂梅飞向未知的谜底。

这一闪即逝的仁慈，
如纪念品，
带来光的细雨。

夏末：致穿布鞋的人

飞鸟倦了，夏天老了，树叶起了皱纹。
雉鸡卡在猎人的梦里受了内伤。
曙光治疗着大地的阴影。
蓝铃花安慰着千头万绪的小山冈。

我摸了摸马的脖子，
隐秘的紧张，毛茸茸的微凉。

秋风响。陶渊明已失聪。
为了菊的继承，
穿布鞋的人要去山林中实现一首古诗。

风：致叹息

是坚果的颤动让我抬起头来，不是风。
风是形而上的，我把握不准。
沙沙响的，不是风，
是树叶回应空气的挤对。
是坚果和树叶掌管着秋天的嗓音，
不是风。风只是个诱因。

有时候我直起头来，
既不是因为风，
也不是因为某些被风干预过的事物。

我高高地直起头来，
全是因为胸口的叹息，
淤积得太多。

傲慢的时间里：致蜜蜂女士

傲慢的时间里，世界多么温驯。
我用虎骨精雕细刻的小命，
多么脆弱，风一吹它就哭了。
蒲公英你投胎无门，
别南北东西乱飞了。

请蜜蜂女士谈谈自己的信仰
——怎样逆风生活？
如何把一朵花，
爱成世界上最小的教堂……

回家：致蟋蟀

桥下，秋水如琴，花瓣流向远方。
蟋蟀端坐于草叶上。

小白兔的耳朵里，车轮在响，
红尘滚滚，带着针芒与暗伤。
有罪的人很多，
懂得哭泣者寥寥无几。

蝼蚁有蝼蚁的道路。
虫卵的漆黑里，
深藏着卑微的救赎。
蟋蟀，你带着我回家吧。

小池塘：致人间

远处，众生重叠在一个明媚的圆里，
在受苦。
这边，蟒像一个不受语法限制的词，
自由地仰泳。
水黾捏着六根针，
在水上熟练地踩高跷。
水草的婚房里，
豹纹蛱蝶安静地享受着性的美丽。

小池塘面积很小，但大于人间。
红尾伯劳瞅瞅这边，又看看远处，
扑棱着翅膀，凄婉地笑。

小路：致音符

我小，喜欢走小路。

因为慢，
小路越走越小。

我一直慢下去，
小路一直小下去。

最后，在小路的尽头，
一朵孤零零的紫花地丁，
开满了小路的宽度。

稍稍犹豫了一下，
我走进去。

一只音符被惊醒，
它和我碰了碰触须，
走出花朵去散步。

它把我的来路，
反方向，
喜欢了一遍。

清澈与绿：致诗歌

小河的清澈，我要饮下它，
把肠胃里的铅字和夜晚洗一洗。

草的绿，我要穿上它，
把身上的情愁和岔路全扔掉。

风的话我要听，
它带着佛的香气，训诫我，唤醒我。
大地的慈悲，我已经皈依它。

失明的钻石和结巴的钟表，我都爱。
诗歌就是由这两样事物组成的。

呈现和绽放：致小鹿

我起身来到子夜的河边。

一头小鹿先我来到这里，如在梦里。

它在饮水，饮缓缓流动的星光。

渐渐地，它的身体开始透亮。

在我的注视下，

它的四蹄踩住青山的倒影，

久久地塑在那里。

直到黎明到来，

它才在缓缓的流水中微微抖动了一下。

我看见，星光从小鹿的体内洇出来，

在脖颈，呈现为金色的斑点，

在脊背，绽放为一朵朵梅花。

再等一等：致百感交集

失去了视力的小昆虫，
在刺上赶路，如果悲伤再明亮一些，
就能抵达玫瑰。
此刻，暮晚正在收集
急骤的雨点和淡定的木鱼声声。
蓝蝶圆寂之后，
才有资格回到鸢尾花的魂魄里。

有人在岁月的明灭里，
有人在世间的冷尘里。
秒针弯曲着嫩绿的光，
正抠去头顶最后一层黑暗。

灵对肉在进行最后的测试，
再等一等。
百感交集的时刻即将降临。

第三朵：致肉身

初秋的山顶，风擦亮空气。
轻雾遮住下界。
我在巨石上睡去，
在板栗爆裂声中醒来。

迎面走来三朵白云。
一朵擦肩而过，一朵轻蹭膝盖，
第三朵有些神秘。
它越来越慢，到达我时，
彻底停下来。

就在一瞬间，
白云把我抱进白云里面。
白云把我当成了它要附着的肉身。
我意外得到一朵灵魂……
多么白，多么美。

九曲：致理想主义

两棵柿树，新栽的，
几把木椅，旧货市场淘来的。
桌布呼吸着下午三点钟的阳光，
阳光的褶皱里，
花瓣平仄着农耕时代的瞌睡。

瓷缸有疤，图案有残，
金鱼隐居于此，深居简出，
理想主义的胸鳍，
佩戴着清澈的树影。
三角梅怕冷，而落花无声，
它那么虔敬地
向大地奉献薄礼。

九曲有矮屋檐，有粗茶淡饭。
墙角一丛金银花：可观赏，
亦可为灼痛的光阴，
清热，解毒。

盘山公路：致高处

通往山顶的路，
弯曲如命运。

鹅掌楸，槭树，南酸枣，
双扇蕨，碎成心肺的小花。
蝴蝶晕眩如旧梦……
每一个瞬间的风景，
都不平坦。
灰鸦的飞翔是倾斜的，
猕猴屁股下的瀑布声是陡峭的。

白云在颠簸，
马达声溢出胸腔。
竹林在下降，俗世在缩小。
一颗心缠绕着坑坑洼洼的山路，
升往高处。

雪：致新衣裳

白从天上下来了。我有些激动，
弯曲着不洁的骨头，嘤嘤而泣。
柔软。轻盈。纯粹。干净。
所有的好词都不如白。
她带着含蓄的怜悯和凉凉的幻灭，
慰问我。
我把一串蓝钥匙、红数字和眼睛里的黑孤单，
缴给她。
把枯枝败叶上没写完的赞美诗，
献给她。

我从我的身体里直起芽来，嘤嘤而泣。
白从天上下来了。
我请求她，赐给我神家里才有的新衣裳。

痕迹：致人世

我在一个地方丢失自己，
又在另一个地方找回自己。
刚才还在豆芽前站着，
一会儿又来到老橘树下枯坐。
我不断隐身，又不断显现。
从豆芽前离去的我，又在老橘树下多出来。
接连发生的这一切，都留下了痕迹。
这种痕迹叫时间。

在快乐中显现，在痛苦中隐身。
从活着的地方消失，
从死去的地方多出来。
这种循环和更新的痕迹，
叫人世。

清明：致泉眼

已有雨水冲去植物上的尘埃，
飞鸟重上蓝天。
小溪复活，蜻蜓，
缝合了大地的美学。

扛着铁锨的人，
为亡灵圆了圆屋顶，
他的仰望托高了彩虹。
鲜艳的孩子们到处乱跑，
已有石缝被掀开，
粉嫩的手指，
按不住世界的泉眼。

晚风：致药性

一只花猫，
冷冷清清的死，
放大了傍晚的瞳孔。
麻雀来回盘旋，
迷迷糊糊，撞到苦楝树上。

薄雾笼罩的时刻，
河水轻捶码头的膝盖，
古桥和自己的倒影，
互为残缺。
悲伤是有药性的，
它在慢慢发作……

晚风，小一点呀，
别把波纹扩散成
人世的痉挛。

下垂：致中年

日子并不好过，多次荒芜。
在时间的收割中，
我并不合格。

哑巴在秋风中试嗓子，
我试图纠正灵魂。

中年要有下垂感，
悲伤也应沉甸甸的。
枝条松开果实，
蝴蝶把蹁跹寄存于花朵的灰烬。

弓与雪：致诗歌

嫩芽在土里弯弓，
突然顶翻石子，阳光倾盆而下。
那一刻，小玄奘双手合十，
从童年最后一场大雪中
扬起头来……

憋屈的事物，拥有一颗向光的心，
素净的孩子在时间的凛冽中
长大成佛。

埋伏在生活中——
嫩芽的弓和小玄奘的雪，
把诗歌惊出一身冷汗。

看见：致圆月

我后悔看见了某个场景，
它已参与我的人生。

一只狗拖着被碾碎的后腿，
它爬行的血迹，
正是回家的人要走的路。

更多时候，
我们麻木于我们所见，
麻木于世界的残损
和挽救之难。

头上三尺有圆月，
每逢十五，
苍白地领取一份神灵的垂怜。

物哀：致桃花

清风破译不了侘寂，
反而加深了竹林的禅意。

指甲花园的上空，
物哀没有形状，
不知是白云在走，
还是苦行的绵羊在飘移。

喜欢摇椅很久了，
轻轻晃动，生死平衡。
葡萄架下，对似水流年的追忆，
有绵绵细雨，也有平地惊雷。
再卑微，也有薄欢，
小骄傲，培养着隐忧。

燕子每年来访亲，
它穿着去年的丧服，
轻轻唤醒了
桃花的聋耳朵。

再见：致白露

牛筋草又长高了一寸。

可以枯萎了，
可以与额头的漩涡说再见了。

生生灭灭的轮转，
需要一个蔚蓝的停顿。
锦鲤轻轻弹奏浪花，
破解了一座桥苦闷的倒影。

再见，绿叶子口琴，
我要坐化为种子，
躲一躲大雪纷飞。

白露压了压万物的长势，
我彻底安静了。

花帽子：致园丁

蜗牛小，小得正好，
鸭跖花也小，
小得正好落在
蜗牛的两个触角之间。
爱你的时候，
我就是那只蜗牛了。
很小的我，
戴着小小的花帽子，
走一走
你踩过的大脚印，
尝一尝
哀伤的土腥味。
我爬上木槿，
正好看到你迎风流泪，
我不知所措，
一低头，
鸭跖花掉到
蒺藜上。

三月：致调音师

垂直于陡坡，
万物生长，
倾斜得厉害。

三月耕播，
美丽的亡灵，
要生孩子。
南方有鹧鸪，
谁来哭一哭？

悲欣交集的人，
拿着听诊器游历人间。
观世音的音不准，
谁来调一调？

遗址：致清风

小溪消失……
红蓼出现的地方，
那块腰部长草的断碑下，
埋着半册宋愁。

我经历过很多朝代，
每一个残缺都有根据。
我不是蟋蟀，
蟋蟀替我悲鸣过了。
我不是故国，
我只是故国的余数。

我是我自己的遗址，
我的荒芜就是我活过的证据。
我精心设计好草木，
就要成为一缕清风了——
我要吹拂，
吹拂是我的诞辰。

滴心湖：致蝉蜕

我垂在柳枝上，
睡了一个软软的梦。
三只绿头鸭，
从我的身上醒来。
它们带着波纹，
向有光的地方游去。
在它们背后，
我是一片无用的暗影，
反衬着岩石的洁白。
凌晨三点，
我命悬一线，
终于蝉蜕成功。

秋先生：致骨感

败荷杂乱无章，
满池子都是干枯的笔画。
风里有砂纸的摩擦声，
这是秋先生
在清理多余的皮肉。

一个人活得
只剩下残山剩水，
更有骨感。
随着年龄的增长，
对灰烬的使用，
也升华出哲学的意味。

刺槐的刺，
刺蓬的刺，
黄刺玫瑰的刺，
所有的刺都带着
刺猬的咳嗽。

这是秋先生
梦见一个人的暮年，
半个身子，
松垮如病句，
另外半个身子，
棺木发新芽。

豆娘：致娑婆世界

我从盘卷的芭蕉叶里
生出来，
正好碰上
蓝天解开拉链——
一湖秋水，
荡漾着娑婆世界。
我看了看
自己的嫩翅——
没在尘世飞过，
暂且
还是干净的。

未名湖：致天使

未名湖的波澜已醒，
博雅塔刚从太阳里起身，
我来得正是时候。

白皮松提着自己的躯体，
努力接近云中的神。
天空中白银万两，
我只要一朵。
蝼蚁不免一死，
悲秋之人，
把理想哭成断肠。

起得太早，捡到星星，
越过喜鹊的脊背，
目击天使落地生根，
向诗而生。

第一天：致佛龛

错过了早课时间，
我去扫落叶，
捡芝麻，
给麦冬草梳头。
错过了斋饭时间，
我把歪在泥里的老佛龛，
轻轻扶起来，
抱到睡莲池去净身。

出家第一天，
我向佛坦白了三件事：
小时候偷过枣，
在草垛后看过脏书，
看到有人杀鹅，
我吓得哇哇大哭。

黄昏：致鹤望兰

一天的脚步，
被许多道路用完。
黄昏降临，
地平线了无新意。

从昨天开始，
鹤望兰用完了漫长的花期，
它将用今天的枯萎，
兑现明天的挽歌。
我轻轻掰开它的小嘴，
里面竟然露出崭新的花瓣。
秘密的灵魂向来这样，
埋伏着一些小火焰，
不被打开，
也不被发现。

惊蛰：致活着的奥义

而我懒散惯了。
"春雷响，万物长"，
肝阳之气渐升。

我的体内尚存薄雪。
布谷的嗓音拖着一把扫帚，
它帮我扫了又扫。

从青蛙的绿眼皮下醒来，
感谢惊蛰，不胡乱走动。
念千古，敬畏冬眠的惊险：
有的活过来，
有的永远埋在了土里。

第一声歌唱，
是大地解锁的声音。
死而复生的奥义，
值得庆祝。

胃疼：致护士

胃疼发作那天，
爱上大自然。

细雨是输液的小护士，
钉子发过芽，疤痕开过花。
青草改造好一条小路，
用了许多年。

我穿着山羊的蹄印，
慢悠悠回到人间。

挽歌：致夏末

蒲公英只剩下半个脑袋，
还要飞越许多岔路，
才能活下来。
戴胜鸟歪着头，
测试雨后的叹息，
蝉一哭，
远山全碎了。

天光打在黄昏的脸上，
树枝颤悠，翅果快受不了。

春末夏初有挽歌。
构成灵魂的旧笔画，
立即就要断了，还在撑着。
在撑什么呢？

丁香、迷迭香、忍冬、含笑………
请克制一下自身的香气，好不好？
美女樱、金雀花、紫荆、天竺葵……
该谢幕了，花落要趁早。

坐立不安：致枯荣

鹅掌楸，小小的黄马褂，
恰如尺寸过小的秋愁，
而我穿不上。

风吹歪栾树的蒴果，
无芯的灯笼里，
睡着几颗小小的佛，
谦卑者自足于谦卑的孤苦，
而我做不到。

冷寂中，阳光在吃雪。
结冰的草，顺从自身的枯荣，
把生与死，
转换得悄无声息。
而我坐立不安。

满目繁花：致乌托邦

一株梅就是一个乌托邦。
满目繁花，可以闻香，
但无人能嗅到菩萨的真意。

喜鹊身上藏有三把折扇，
乌鸦眼里反射出群山的巍峨。
阴阳交界的默许里，
做过坏事的小兽，
有过邪念的老人，
都可以转世为飞蛾。
谁以星星为食，
谁就亮晶晶地活在
伤口之上。

红尘烟云，满目繁花。
一株梅就是一个乌托邦。
彻夜不睡的人，并不少见，
大白天失眠，
那才算深刻。

绽放：致告别

无人。白眉鹞享有薄欢。
视力之内，
好像没有衰亡之象。

世界上最悲怆的器官是花朵，
每一朵花的绽放，
都像在奔赴隆重的告别。

爱一个人，
万转千回，
只是为了那些幸存的
遗忘：满地落英。

小额的阳光：致靠山

雪有遗孀，名曰腊梅，
腊梅之后，
依次是茶花、玉兰、桃花、杏花…
葫芦藓从土里站起来，
脑袋比蚂蚁小，
身子透着嫩绿的光。

春天是没有围墙的局级单位，
科员多如草，卑微即自由。
你看那愿景，
有兴趣发芽的事物，
在土里，慢慢走，
对它们而言，
活着已不是奇迹，
福利天天有。

而我刚刚渡过一条小河的春殇，
幸福虽不罕见，
争取到小额的阳光，
才算有了固定的靠山。

知更鸟：致冬日挽歌

悬铃木戒掉叶子，
枸骨和南天竺交出果实，
不断加厚的云层，
在构思一场埋掉膝盖的雪。
冬天的灰嗓子里，
蹲着一只胖乎乎的知更鸟，
它低沉地咳嗽了几声，
凭借感冒，
婉转地辞掉了
大地的挽歌。

寒霜：致牛筋草

气候急转直下。
秋菊不改初衷。

霜打之后，
有风度的事物，依然
方寸不乱。

落叶总有纷纷时，
牛筋草拒绝领取
最大的一笔工资：
死亡。

忧伤：致满天星光

左边，水杉、瘦竹，光秃秃的葵秆，
右边，寺庙的塔尖，隐隐约约，
头顶，被风吹得呜呜响，那些高压线，
它们分摊了满天星光。
天地之间，蝙蝠倒提着凉薄的忧伤，
它爱着黑夜，盲目的盘旋地久天长。

斑斓：致彩蝶

蔚蓝在加倍蔚蓝。
词语在练歌者的回声中爬坡。
翠竹见风就长，
认真调整着脊椎的弯曲。
在一种叫秋的病面前，
我想活得笔直一些。

时光变得深邃，
香泡树的果实将获得应有的重量感。
摸一摸红枫，
树干似乎在颤抖，
那是火苗在里面蹿升，
它来自大地，
又好像不是来自大地。

彩蝶是携带印章的临终者，
它信任谁，
就把一生的斑斓降落在谁的肩头。

山寺边：致天鹅

来到仰躺的睡莲面前，
我忽然想起，
花开累了，一定要休息的。

红蜻蜓不是在飞，
它是在平衡佛号与美人蕉的倒影；
白蝴蝶忽闪着薄梦，
舍不得压弯水草，
它只是在蜉蝣的呼吸上停一停。

我扔掉钥匙，
轻轻坐在天鹅旁，
就像从来没人坐过一样：
忘记方法，
不去解答。

小生活：致悬铃花

瘦竹突破极限，
瘦到天空的嗓子眼。
让人心惊的还有：
某些胖嘟嘟的大家闺秀，
牡丹的赘肉加重视觉的负担。
美是个谨慎的词，
要美，就要美得有骨感。

我喜欢逛山，
一个早晨一个黄昏地逛，
前生今世地逛，
最终还是爱上低头的绽放。
确切地说，那不叫绽放，
花瓣螺旋卷曲，呈吊钟状。

我有常绿灌木的小生活，
芳名悬铃花——
以静静下垂为傲，
以完全打开自己为羞。

只有一朵嘴唇是不够的：致沉默

只有一朵嘴唇是不够的，
我想亲吻满天星辰，
同时为无名的凋谢低唱挽歌。

一阵风吹散另一阵风，
一个遗忘追忆另一个遗忘，
一种活法偷换另一种活法，
因为懂得，所以更加困惑。

有时候，我想与世界对话，
漩涡关闭了耳朵。
有时候，所有的火焰聚于针尖，
面对莫名的羞辱，
只能隐忍地咽下：雨和碎词。

只有一朵嘴唇是不够的，
要么，只字不说，
要么，十朵嘴唇同时声明：
"我保持沉默。"

自然碑：致大地

冒着被谩骂和质疑的危险，
我要在每一座城市的每一条繁华街道，
在熙熙攘攘的人群之中，
开辟出一块坟墓大小的空地，
我要为濒临灭绝的华南虎、藏羚羊、大熊猫、白鳍豚……
为黑颈鹤、僧海豹、夏威夷蜗牛、斯比克斯鹦鹉……
以及在机器的侵略中殉难的亿万大地平民，
立一块直耸云天的，花岗石和汉白玉雕砌的纪念碑。

我一个人搬运。
一个人刻碑。
一个人主持仪式。
一个人敬献花圈。
念悼词。肃立。致哀。
接受亿万手机用户发来的吊唁短信。
左眼流下黄河的呜咽，右眼流下尼罗河的悲痛。

一切完毕，再深深鞠躬。

掩面离去，一步三回头。

我跑步回到森林中的小木屋，

连夜赶写一封比安第斯山还长的鸡毛信，

信中要提到名不见经传的小草小花小虫子，

……为大地做过贡献的春风、阳光和雨露，

……一边哺育幼仔一边用血肉之躯堵住枪眼的母猿，

……最后，整长衫，理乱发，

在落款处按上血红的手印。

趁现在还能走得动，披月色，出柴门，

走遍世界上每一个有人的地方，

含泪读给他们听，求他们承认错误，

在太阳底下，签字，按手印，下保证……

黄昏：致神秘

六点，人和神在交换时间。
阳光顺着鸟鸣往下降，
在黑猫的脊背上，弓成一道弧线，
像一个暗示，神秘地拐了弯。
别在此时扔石子，有可能
砸疼一个回家拿相片的魂。

小松鼠：致加里·斯奈德

松树冠下，
加里·斯奈德的胡须，
沾过牛筋草的种子，
融化过库拉卡克山的雪，
滴答着月光。

一只美国小松鼠，
从垮掉派的嚎叫里走出来，
在自己的尾巴上，
找到一个荒野和一个诗僧。

小松鼠穿上汉语的鞋，
测了测诗歌的命——
吻短，以坚果为生，
拥有毛茸茸的寂静。

樱花：致诗兄

我来武汉看你，
恰逢樱花最负盛名之时，
而你回避了这座城市的高烧。
我在武大的樱顶，
怜悯众生的标点密集地蠕动，
你在你的洪湖陷入汉语的难题，
拧着涛声在写作。
明早要回沪，今夜总得见一面。
珞瑜路垂直于卓刀泉的地方，
宾馆拄着灯光的拐，喘着浮尘。
我不嫌它小，能寄居即可。
从进屋到离开，你一根接一根点烟，
始终保证嘴唇不熄灭。
上次京都一别，已逾四年，
你我背对共同的时代，各自讨生活。
缝合的记忆让每一次相见更深刻。
这次，千里迢迢来看你，
三个多小时，只谈了两件事：

哭丧的诗和令人敬畏的爱。

你驱车冲入黑暗。

我锁上门，和衣而睡。

翌日，我弯腰，

把你扔在地板上的六个烟蒂，

一个个请进垃圾桶。

时间不多了，我这外省人，

拖响沉重的行李，

赶下一场遗忘。

春醉：致挽留

我扶着你去河边呕吐。
拍打你的背部，
帮你倾倒体内的波涛。
你发誓，不再过量饮酒，
适度相信友情，
拒绝坐在被宴请的位置上。

越过枝条打成的连环结，
结香花密集地绽放。
两个迷茫的人互为问号，
勾着背，垂首向膝盖。

去年的落叶已成宿疾，
今年的枝头，只为新一轮春愁
提供契机。

兄弟，太阳在挽留，
我们该走了。

灵魂风景：致落日

那天，我俩跑着去看落日。
你忽生悲切，
像无法安慰的圆明园。
飞鸟直线坠落，贴着冷杉，
擦燃了孤寂的声响。
从那以后，我俩极少谈及傍晚，
关于灵魂风景，
他者的教育和自我的救赎，
都只字不提。
"最陡峭的诗歌，
也深不过爱的深渊。"
气温骤降的傍晚，
你摊开我的手心画了一把锁，
又帮我轻轻合上。

恍惚：致老屠夫的脸

稻田深处有白鹭，
小楷般的漫步，
飘忽如隐疼。
江南之美在诗词，
斑鸠也有押错韵的时候，
天蓝得让人心惊。
老屠夫杀生太多，
千万只蝴蝶围攻了他。
它们变幻着牛脸、羊脸、狗脸……
那无声的飞舞，
是五颜六色的亡灵在讨债。
经过蚱蜢溪，
老屠夫在水里照镜子，
一低头，流水把他的脸
拿走了。

乌有：致别处的生活

我来过——
这边缘与别处的生活。
这僻静，这亲爱的乌有。

微风吹拂是流年在怜悯，
明月是古老的哲学在照临。
山中，不需要日历，
每一片绿叶，
都是隐士的创可贴。

带着颈椎病和沙哑的问题，
具体的我和抽象的我，
无数次，来过。
一朵云经历了短暂的哭泣之后，
软软地挂在树冠上，
它累了。

江上：致穷人

运沙的船比游玩的船
吃水深。

江上漂着
水浮莲、塑料袋、奶瓶和穷人的衣衫，
死于突发事件的小动物。

户籍不明的白鹭，
扇动着孝服，
跌入茅草深处。

春寒：致返乡的老者

对于孤苦，残月比我深刻。
此刻，它是剩下的饺子，
为回家过节的人提供微薄的福利。
春寒料峭。鸟叹息着微风，
锈迹里，迎春花犹豫不决。
内心有伤的人，走路慢，
经过苦楝树时，腿打了弯。
这个突然想起童年的老人，
他的遗忘，比长庚星的哮喘，
还难受。

早茶：致热爱旧货的兄弟

你调侃自己：
"注定就是破烂的命。"
收集旧家具、缝纫机、老唱片……
穷秀才的砚台，死了种子的松球……

为残废的挂钟换上秒针，
把巨大的铜钥匙，磨出光，
在民国的抽屉里种菜，养蜗牛……
唤醒蒙尘之物，研究宋元美学，
继承年久失修的老哲学……
谈论东逝水，按压太阳穴。

未来不可信，我们依赖回忆活着，
越活越孤独。喝早茶，把每天喝成旧的。
我们一起瞎聊，无论聊什么，
聊到最后都是悲伤。
兄弟知我心，总是适可而止。
有些新生事物类似于癌，

眼看着它们突然发作，
危及无辜。

梅雨季：致惆怅

惆怅的季节又到了。
雨暗示我们最好待在家里，
别四处串门，走亲戚。
风在屋顶上讲话，
提醒我们保持安静，
不能议论与气候有关的隐喻。

惆怅的季节折煞人也。
连蚊帐上的阳光，
也开始散发出霉味。

糊里糊涂醉个小酒，
不疼不痒写个小诗。

可以度过无数个慵倦的下午，
却驱不散阴雨连绵的惆怅。

湖边一夜：致年轮

割草机侵略不到的地方，
鸭跖草的紫酒窝，
醒着蟋蟀的小阵雨。
山顶幽寂，
闪烁着月牙的白玉簪。

万物有灵，彼此护佑……
一夜即千年。

我凝视湖水，
湖水馈赠清波，
一圈圈，
送进老樟树的年轮。

立秋：致第一缕决心

一个节操，一个节操，
芝麻挺直宝绿的颈椎，
安享开花的喜悦。
同样的早晨，
鸡毛草在风中压腿，
细小的骨骼，
释放着一场雾的旧愁。

没有谁生来就是对的，
也没有什么不可以纠正。
立秋的人洗了洗身子，
攀进哲学的耳蜗，
听泉，结籽。

鸟检查好体内的音符，
思考长途迁移的事。
此刻，曙光从桥洞涌出，
它拥有对世界的第一缕决心。

转喻：致美学的咽喉

白天一览无余，
荷花厌弃自己是花，
它喜欢检验星光的疗效，
一瓣一瓣，裂开伤口。

水漂草的黑夜没有暗疤，
一排蜻蜓翕动着神秘的睡眠，
风表述到弯腰的荷梗，
语速缓慢，
言说到某个修辞的命运，
深及美学的咽喉。

从荷叶的句号，到省略号的水底，
青蛙"咚"的一声就懂了。
我用尽最后一小步，
完成从昼到夜的转喻，
同时也获得中年的幽玄与侘寂。
因为没有压力，

水蜘蛛轻松地行走在
波纹的议论上。

后花园：致松弛

又是崭新的一日。
晨光，依然古老而慈祥。
牡丹花下，
一只钟型母鸡，
踩着软软的暖光，
散步，吃花瓣。
它活到了松弛的境界，
比我更懂得
在寂寞中啄食的意义。

我是垂首的自责里
一个喃喃的病句。
傍晚，微弱的蜂鸣，
抵达了灵魂的后花园。
风带着一场连绵的感冒，
是测试颓废的湿度，
还是修正
归园田居的深呼吸？

寒秋：致红高粱

万物凋敝之美，
多多少少有些惨烈。
我不敢与断脖子的红高粱对视，
它们像一群被解职的老忠臣，
呼啦着风中的破长衫。
我进入高粱地的时候，
晚霞用血在泼墨，
酷似一场还没结束的惩罚。

在武河：致消逝

太阳还没升起，
保持一点惆怅是必要的。
滞流塘，莲藕汪，芦苇荡，
烟波浩渺，到处浮动着宋词之美，
朦胧深化着古意，
桥墩似软糖，融化在不确定里。

风景无尽，深处很深。
在武河，总有一片浮萍是最小的，
年迈的青蛙先生，
蹲守着椭圆形的理想国。
有翅的是比喻，
有鳞的如排比，
草木有呼吸，在做着拟人的事；
离群的野鸭关闭了波纹，
身前身后留下一望无际的虚白。
太阳还没升起，
散漫的人碰到悲欣交集的人，

死碰到活，
放生的老居士，送走了鱼，
一抬头，看见白鹭飞成祥云。

武河一日，人生一世。
太阳升起之时，
唯有温润的人，对得起这人间美景。
他学着水鸟散步，
那深浅不一的消逝，
胜过一百行绞尽脑汁的庸诗。

叠韵词：致梅花

雪来风急。
梅花动了胎气。

春愁，一朵接着一朵，
疼到
古老的宿命里。

我有野鹤心，
听觉有倒春寒。

散了形的叠韵词，
等待细雨来缝合。

平凡的一日：致生死

我写了二十年诗，
不如萧山师父
平凡的一日，
他一个人守一座庙。
一尾锦鲤
用整个小池塘，
陪他清澈，
一只狗用整座大山，
替他压住静默。
木鱼是心啊轻轻地敲……
枯叶落在琴弦上，
虔敬的时光落在法器上，
万物的死，
轻轻，落在地上。

紫薇树下：致喜鹊

喜鹊在醒雪寺养伤，
因为住久了，
它敬献给蓝天的叫声，
也像在诵经。
小香客蹲下来看它，
它努力飞离地面。
当晨钟响起，
它把双翅合在胸前，
软塌塌跪下去。
师父行脚半月，
刚回寺庙，
正好走到喜鹊身边，
赶紧微笑着，给它回礼。

河边：致穷亲戚

鸟声苦，
细若游丝的呼吸，
为崩断的人世之美
续上残喘。
四处借钱的穷亲戚，
徘徊在柳条翻飞的河边，
在别人开业的欢庆声中，
他佝了佝身子。
屋顶，光秃秃的草本植物，
倾斜着卑微的小拐杖，
无力支撑
蓝天被夸张过的仪式感。

蜜蜂：致崭新的一日

我从槐花上醒来，
带起一阵不对称的风。

左翅之上，
太阳庆祝崭新的一日，
右翅之下，
幸存的鱼苗，
一波一波，在赴死。

许多个未知的早晨，
有时，我嗡嗡的哭泣像酿蜜，
有时，我像一个飞累的火柴头，
轻轻落在垂钓者的头发上，
并不急着去擦燃
无处不在的生活。

山顶：致神灵

在高高的峰顶，
离神灵更近一些。
星星好美哦，
落在衣服上，
成了纽扣；
落在眼里，
成了悲伤。
悲伤什么呢?
在神灵眼里，
我们也是他的纽扣，
他的星星。

自然保护区：致遗鸥

按照鸟类的宪法，
去反对，对鸟类的不敬。
我受够了人的傲慢。
遗鸥是濒危物种，
它陷入忧郁之中，
支着细腿，受够了泥泞。

我把它请进一架望远镜，
小心翼翼地背着它，
像蜗牛背着自己的避难所，
向安全地带转移。

这件事，耗了我很多年。

哪有什么安全？
怎样才算安全？
除了望远镜可以表达敬意，
只有我的身体。

是呀，我的身体。
它暂时还是宁静的，
可以建一个自然保护区。

一棵树：致浮生

一棵树要对人世说的话，
都长成了绿叶。一木一浮生。

我顶着茂盛的树冠，走在
小松鼠、母鹿、丹顶鹤与虎豹之间。

更多时候，我摇晃着耳边的残月，
走在滚滚红尘之中，
一言不发，一岁一枯荣。

春天：致一场大梦

春天是一场大梦，
万物萌发，人穷志短。

似乎毫不费力，
我在集体主义的狂欢中，
长大成人。

我的女同学，乳名叫孤独，
她活过了美的分水岭。

当年怀春的人，
此刻在哭春。

树梦见斧子砍过来。
哦，站在锋利的时间面前，
是一件多么危险的事！

下弦月：致童年

夏夜，
花未眠。
萤火虫闪烁着童年小雀斑。
不敢看月亮，
那是，被岁月
咬掉的
兔唇。

只剩一个瓣，
还在咬。

听雪：致木质时光

你的声音，
带来一场薄雪。
我们洁白地围在一起，
听古琴弹奏木质时光。
有那么一刻，
茶香升向每个人的头顶，
氤氲成莲花的形状。
你一直在下雪，
却从不加厚自身，
恰如其分地暖着我们。
雪花落，我们听，
不愿睁开眼睛，
怕你
即刻融化。

悲秋：致一个字一个字

你说秋虫叫得好听，
其实它们在悲秋。

悲秋就是用翅膀上的霜，
或者嗓子里的雪，
表达凉薄的愁。

小愁是芭蕉表达风，
大愁是虫子在啃旧皇帝的家书。

我爱的人在远方替我喝酒，
我有些难过。

一首诗越写越短，
我往时光的深渊里看了看，
一个字一个字，泪流满面。

古老：致大雪纷飞

我本来就是一个
古老的人，
来醒雪寺住了一夜，
又古老了一些，
忘了一些人和人间。
那些
大雪纷飞的事，
悲怆的曲子，
一朵朵，飘落在
喜鹊走过的冰面上。

重阳节：致寓意

重阳节，无山可登，无高可攀，
有酒却不知与谁醉，我只好
扛着一座城，去怀念一小块
比泪腺还小的青草地。
重阳节，有爹妈，没故乡，
到处是菊花和胜利，
每一朵笑容都丧失了寓意。
重阳节，没有九层糕可吃，
我只好吃键盘，吃红灯，
吃一些瘸腿的交通事故。
有一年实在没啥可吃，
我就跑到老虎的眼睛里，
像吃面条那样，
吃掉了一条干净的小溪。
那年重阳节，古今我一人，
光洁的额头，渗出许多波纹。

和解：致人生百年

最大的屈服是与死亡和解。
秋日盛大，一把巨锁锁着自己，
能锁到什么时候呢？

开花的负担，可以卸下了，
虚无缥缈的壮志，
也可以交给流水去弹奏了。

平凡之辈，
没有什么使命不可以忽略不计，
做一个无害到无用的人，
用活着来表达今天，
虽然略带羞愧，
但这是卑微者献给世界的最高礼节。

谢谢生命水到渠成，
我在淡淡的光晕中柔和起来，
大大小小的爱恨，流淌到我这里，

形成了平静的湖泊。

人生百年，大美无言，
我渴望自己对称于夜空之浩瀚，
每一颗星辰都噙着一场暖雨。
人间苦厄多，加一点糖吧，
我就此融化。

蝴蝶十二帖：致佘山

1
自古以来，
还没有一个词，
真正属于我。
所有美好的词，
都被反复使用过。
自古以来，
所有的蝴蝶，
都是被用剩的蝴蝶。

纳博科夫之后，
我空置自己的身体，
只需要一分钟。

如果真有一分钟属于我，
蝴蝶就可以进来。

2
会飞的博物馆，

别在青青山坡的胸前。
从里面出来，
我也拥有了斑纹和图案。
写诗是人生的意外，
倘若遇到修辞的天敌，
我能否闪着蓝光，
成功脱险？

3
这些五彩斑斓的标本，
曾借用古典主义的睡意，
在春风的背面产卵。
因为畸形的出生，
一只独翅蝴蝶活成了孤本。

我们谈论着昆虫的命运，
想起悬崖上"夕阳在山"的石刻，
猜测它是谁的手迹，
哪一年来过此地，
哪一年离开，
葬在谁的心里……

大约五点整，

话题转到佘山天文台，
从山间的乌毛蕨，
进入了宇宙的想象，
又从星辰落回了耳边的蝇鸣。
我们的议论，
有一个无法收尾的时刻：
逆着夕光，将暗未暗。

4
暴雨的耳蜗里，
靴子急急忙忙赶路。
蝴蝶正了正被打歪的脸，
向三高士的墓园飞去。

5
蝴蝶爱上亡者，
坟头绿意浓。

蝴蝶爱上耷拉的花瓣，
黄昏会发愁。

蝴蝶替代一个人的灵魂，
这个人颤抖不已，

摘下手表，
哭成庙宇。

6
天籁。失重感。
月光，深及夜的穴位。
临界的一刻，
获得梦幻。

我调试翅膀，
像个虚词，飘落在
内部透亮的荷花瓣上。

寂寞是我丢弃的身体，
蝴蝶穿上它，
借流星雨，凝视我。

没有嗓音，
就不必哭泣。
我无限轻盈，
舍不得现出人的原形。

7

我健康时，

它合翅，深眠，

好像我忠心耿耿拥护它；

我生病时，

它从百会穴飞出去，

带回血管急需的

古典山水。

8

我坐在树墩上休息，

一只花斑蝴蝶落于肩头，

它闪了三下翅膀，

动了六次触须，

蹭着我稀疏的睫毛飞走了。

这个过程仅仅十秒，

我起身离开，

发现树墩已经长出嫩芽。

一年年，我慢慢老去，

往往是这样，

还没弄懂雪如何在草根下融化，

我就和一株小草，

又迎来新一轮春天。

9

落叶下，草丛中，

石缝间，溪水里，

丰富的寂静和简单的快乐，

交相呼应。

在各自的秩序里，

小生灵们悠闲地散步，

偶尔慌张，

一滴露珠或一些嫩叶

就可以解决短暂的不适。

有一次，我绕到一株死树的阴面，

发现大片蝴蝶密布其上。

这里没有他者，只有我自己，

大自然无声地展示了一场美的祭奠，

它耐心地变换着整体造型，

向着有光的那一面慢慢迁移。

直到夜色压下来。

10
风絮絮叨叨的否定，
并没有解除
蝶与花的关系。

世上最美的遗嘱，
只有两页。
蝴蝶背着它，
从这朵花到另一朵花，
慢慢打开，
又轻轻合上。

11
恰似去年的杏花重返枝头，
亡蝶探望在世的亲戚。

鹧鸪的啼唤，旧愁未愈。
山这边，物是人非，
山那边，柳絮纷飞。

暮春留好篱门，不挂锁，
爱，带着轻轻的擦伤，
回到家里。

12
空中剩下一段
解决不了的弧线，
无人可以
精确地呼应它。

翅膀完成了
肉的难题，
飞可以描述一切。

光荣归蝴蝶，
如其所是。

九月九日：致青山

朝代更迭，
杉树永远笔直于自身的尺度，
青山依旧是青山。
彩霞升上额头，
落日在胸膛中炼丹。

我之前，我之后，
相对于小小的星球，
再大的功名，
也是轻于鸿毛的遗产。

如果一直不剪胡须，
我会借着秋风飞起来，
当我抵达星辰，
从死亡的高度俯视人间，
千古菩萨心，
古今是一天。

爱：致夕阳

真正爱我的人，很少，
真正恨我的人，也不多。
如果，爱我的人比恨我的人，
多一个，
我希望这个人是你。

无论你拥有过什么样的朝霞，
我都愿陪你散步，
度过夕阳的晚期。